威利在哪裡？這本書屬於：

嘿！威利迷們，這五個勇敢的旅行家出現
在每一幅場景裡。你能找到他們嗎？

奧德　白鬍子巫師　溫達　汪汪　威利

在每一幅場景裡，這些旅行家還掉了
一些重要的東西，你也能找出它們嗎？

威利的鑰匙　汪汪的骨頭　溫達的照相機

白鬍子巫師的神祕卷軸　奧德的望遠鏡

獻給 威利

威利在哪裡？

文・圖｜馬丁・韓福特 Martin Handford
譯者｜黃筱茵、劉嘉路
責任編輯｜熊君君　美術設計｜蕭雅慧　行銷企劃｜魏君蓉、高嘉吟

天下雜誌創辦人｜殷允芃　董事長兼執行長｜何琦瑜
媒體暨產品事業群
總經理｜游玉雪　副總經理｜林彥傑　總編輯｜林欣靜　副總監｜蔡忠琦　版權主任｜何晨瑋、黃微真

出版者｜親子天下股份有限公司　地址｜台北市 104 建國北路一段 96 號 4 樓
電話｜(02) 2509-2800　傳真｜(02) 2509-2462　網址｜www.parenting.com.tw
讀者服務專線｜(02) 2662-0332　傳真｜(02) 2662-6048
客服信箱｜parenting@cw.com.tw　週一～週五：09:00~17:30
法律顧問｜台英國際商務法律事務所・羅明通律師
總經銷｜大和圖書有限公司　電話｜(02) 8990-2588

出版日期｜2014 年 10 月第一版第一次印行
2024 年 7 月第二版第十次印行
定價｜350 元　書號｜BKKTA030P　ISBN｜978-986-93179-2-4（平裝）

———————————— 訂購服務 ————————————
親子天下 Shopping｜shopping.parenting.com.tw　海外・大量訂購｜parenting@cw.com.tw
書香花園｜台北市建國北路二段 6 巷 11 號　電話｜(02) 2506-1635
劃撥帳號｜50331356 親子天下股份有限公司

立即購買 >

WHERE'S WALLY?
威利在哪裡?

馬丁·韓福特 著
Martin Handford

黃筱茵、劉嘉路 譯

嗨，朋友們！

我叫威利。我正準備出發，展開一場徒步環遊世界的旅行。你們也可以一起來唷！只需要找到我在哪裡就行了。

我帶齊了所有需要的裝備——手杖、水壺、木槌、杯子、背包、睡袋、望遠鏡、照相機、潛水鏡、皮帶、腰包和鏟子。

不過，我不是獨自一個人去旅行。我還有許多夥伴，你也找得到他們嗎？你得找出小狗汪汪（但是你只看得見牠的尾巴而已）、溫達、白鬍子巫師和奧德。然後，找出二十五個穿著打扮和我很像的威利迷，每一個威利迷都只會在我的旅程中出現一次。還有一個神祕的夥伴，在每一幅場景裡都會出現，你找得到他（她）嗎？另外，我的鑰匙、汪汪的骨頭、溫達的照相機、白鬍子巫師的神祕卷軸，還有奧德的望遠鏡，你也都找到了嗎？

哇！尋找大冒險開始了！

威利

唷呼～威利的好朋友們！
今天經過滑雪場時，
我看見一些很有趣的事情！
有一個滑雪者送花給他的女朋友、
有一個人把船錨扛在肩膀上，
還有人一路從山坡上滾下來，
滾成一顆超級大雪球！
哇，真是不可思議！

威利

上天遁地、
無所不在
威利的好朋友們　收

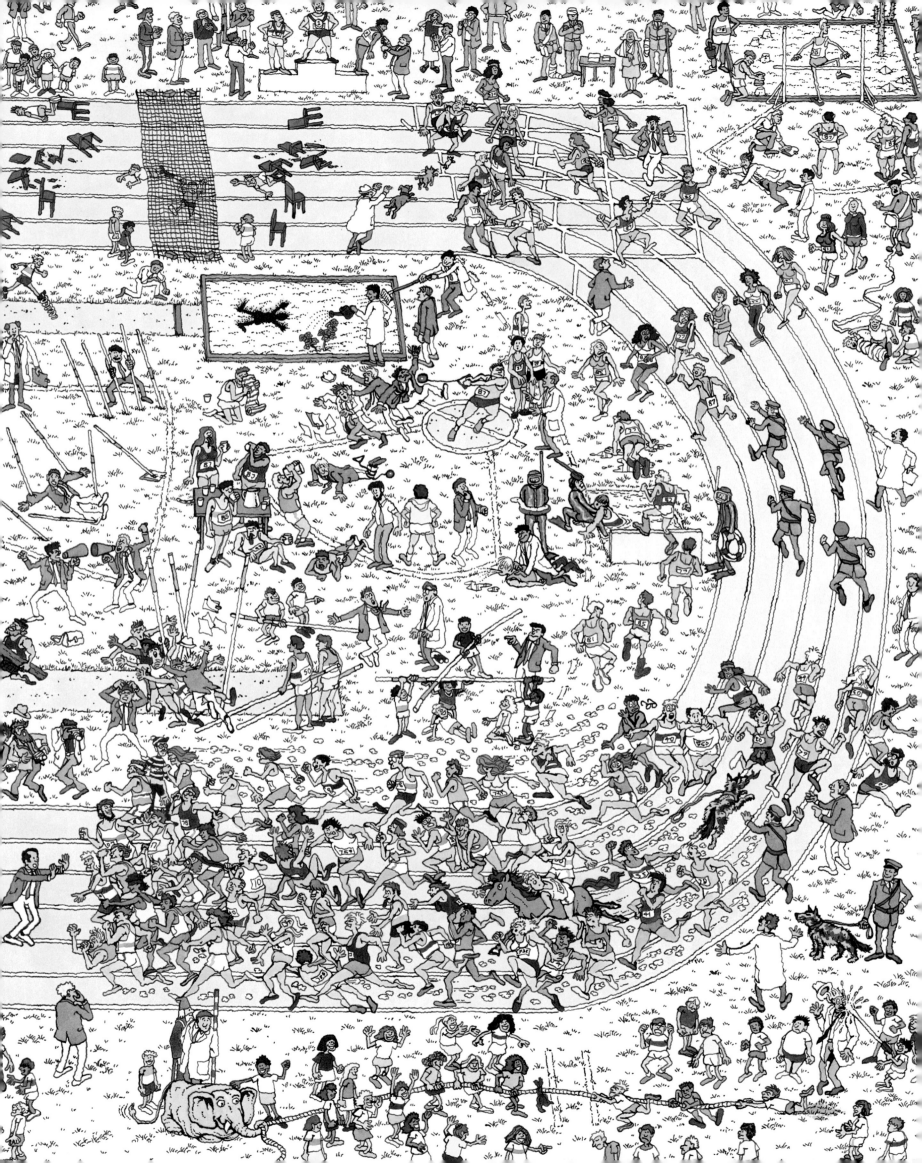

嘿，威利偵探們，你們好！
你們都知道的，我非常喜歡參觀博物館，這裡可以學到許多新東西，真是太棒了！
今天，我看到小孩拿著羽毛搔著鎖在刑枷上的男人的腳趾；學到如何從投石機上拋出石頭；以及如何駕馭雙輪戰車。這次的收穫很豐富呢！

威利

博物館

在學校裡讀書
讀得頭很痛的
威利偵探們　收

小心，尋找威利的獵人們！
沒騙你，我真的非常喜歡動物。
我喜歡那隻盯著鬧鐘的河馬、正在
梳理鬃毛的獅子、吃帽子的長頸
鹿，和戴著太陽眼鏡的貓頭鷹。
這裡有好多動物，真是太棒啦！

威利

在野外叢林
尋找威利的獵人們　收

野生動物園

威利在哪裡？尋找任務

這裡還有上百個東西，等你找出來喔！

鎮 上

- 屋頂上的狗
- 噴泉上的男人
- 快被狗鍊絆倒的人
- 一場車禍
- 身手俐落的理髮師
- 在街上看電視的人們
- 被箭刺穿的輪胎
- 令人感到悲傷的曲調
- 被植物攻擊的男孩
- 不專心的服務生
- 2 個互相揮手的消防隊員
- 1 張貼在牆上的臉
- 從下水道鑽出來的人
- 1 個在餵鳥的人
- 1 隻準備吃三明治的鳥

滑雪場

- 在屋頂上閱讀的人
- 飛起來的滑雪者
- 完全停不下來的滑雪者
- 倒著滑的滑雪者
- 畫在雪地上的人像
- 在禁釣區釣魚的人
- 5 個戴條紋圍巾的滑雪者
- 雪即將落到 2 個在大笑的人身上
- 3 個撞上樹的滑雪者
- 阿爾卑斯長號角
- 2 根斷裂的旗桿
- 蒐集旗子的人
- 4 個穿著黃色連帽外套的人
- 掛在樹上的滑雪者
- 在雪地上滑水的人
- 喜馬拉雅山雪人
- 2 頭在滑雪的馴鹿
- 衝上屋頂的人
- 1 個滑雪者撞上 5 個滑雪者

火車站

- 4 把鏟子和 5 把鍬
- 被狗絆倒的人
- 載著 5 個行李箱的手推車
- 被門撞倒的人們
- 快要踩到球的人
- 指針指向不同時間的 3 個時鐘
- 1 輛單輪的嬰兒車
- 畫在火車上的 1 張臉
- 5 個人看同 1 份報紙
- 1 個怎麼都提不起行李的人
- 輕易舉起 1 件行李箱來炫耀力氣的人
- 2 個繫著紅白條紋領帶的人
- 冒著煙的火車
- 好幾個人擠在 1 張長椅上
- 被狗咬破長褲的人
- 坐在行李箱上的人
- 2 個爆開、東西全飛出來的行李
- 20 頭牛
- 壞掉的秤重機

海 灘

- 1 隻狗和牠的主人都戴著太陽眼鏡
- 穿太多衣服的人
- 健美先生冠軍
- 滑水的人
- 被別人踩到身體而生氣的人
- 穿著條紋衣服拍照的人
- 被刺破的充氣床
- 喜歡吃冰淇淋的驢子
- 被壓扁的人
- 被刺破的海灘球
- 疊羅漢
- 3 個在讀報紙的人
- 1 台收音機
- 牛仔
- 被當成驢子騎的人
- 老人與美女
- 2 把紅黃色相間的遮陽傘
- 有 3 個人站在一起，2 個穿著背心，另 1 個沒穿
- 1 個紅色氣墊床
- 愛現的人和他的大沙堡
- 1 個穿吊帶褲的人
- 奶油色的小狗
- 3 根伸出來的舌頭
- 2 頂奇怪的帽子
- 2 頂有超長帽舌的帽子
- 5 個比賽短跑的人
- 有破洞的浴巾
- 被刺破的氣墊船
- 吃不到冰淇淋的男孩

露營場

- 用樹籬剪成的公牛
- 長出「喇叭角」的公牛
- 運河裡的鯊魚
- 準備衝向紅色目標的公牛
- 不小心踢穿露營車的足球
- 倒在大腿上的熱茶
- 1 座矮橋
- 1 個被木槌槌倒的人
- 有人正在換衣服，不小心被別人看到了
- 快被刺破的腳踏車輪胎
- 6 隻小狗
- 嚇不跑小鳥的稻草人
- 1 頂印第安帳篷
- 一群有肌肉的人
- 1 頂倒塌的帳篷
- 冒煙的烤肉爐
- 釣到舊靴子的人
- 前輪大後輪小的老式自行車
- 生火的男童軍
- 穿著溜冰鞋健行的人
- 1 個在吹救生艇的人
- 露營者的管家
- 一群在路上跑步的人
- 1 頭公牛緊追著 2 個人
- 3 個留長鬍鬚的露營客
- 口渴的健行者們

機 場

- 飛碟
- 坐在行李轉台上的男孩
- 1 輛消防車和 10 個消防員
- 漏油的燃料管
- 打羽毛球的飛航管制員
- 火箭
- 機場塔台頂端的中古世紀塔樓
- 3 個手錶走私犯
- 1 個在飛機上面休息的機場工作人員
- 舉起叉子的起重車
- 裝滿風的襪子
- 1 個帶著水桶和鏟子的人
- 長翅膀的飛機
- 王牌飛行員
- 吸血鬼
- 5 個人在幫熱氣球灌氣
- 飛機跑道上的跑者們
- 6 個穿著淺藍色制服的女空服員
- 1 架有巨大尾翼的飛機
- 2 個戴白帽的乘客
- 1 枝筆和紙張
- 3 個幼稚的駕駛員
- 18 個戴著黃色帽子的機場工作人員

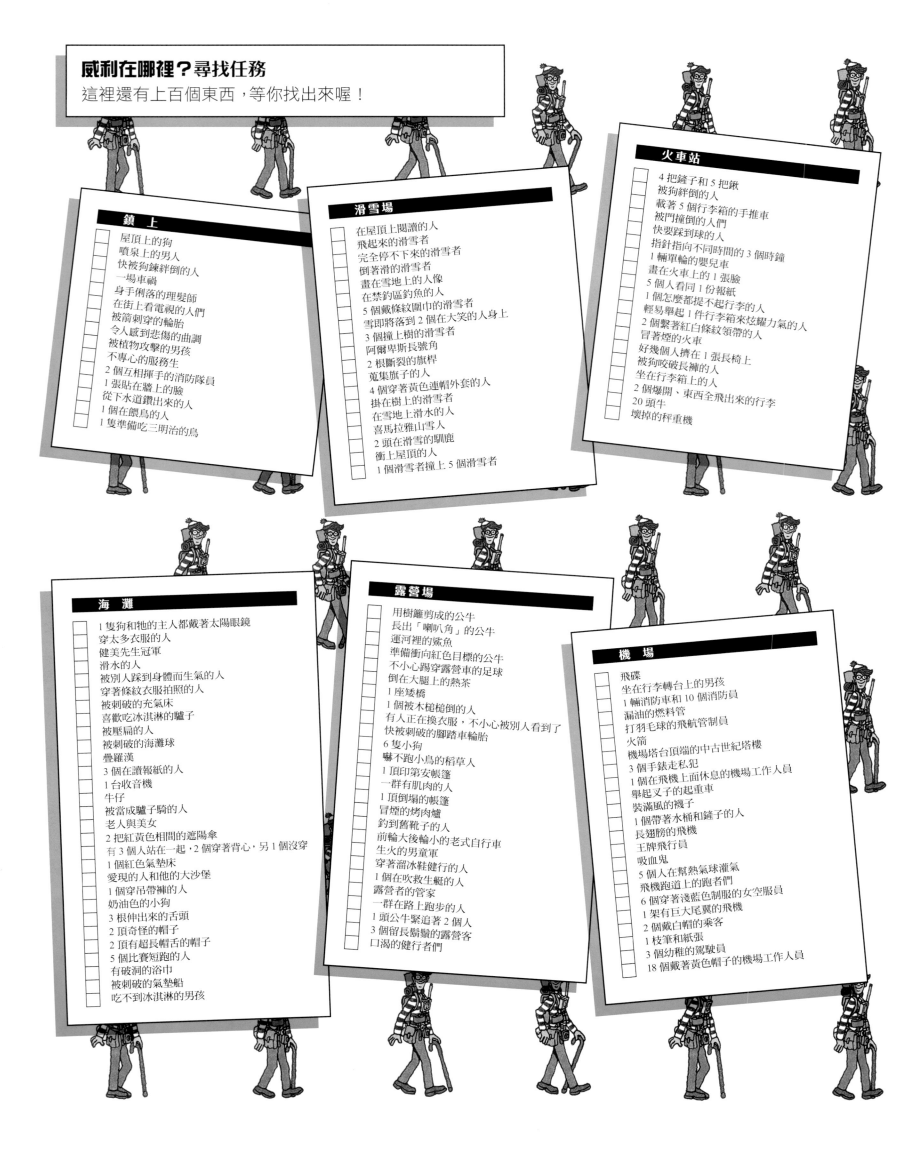

運動場

- 從沙子裡鑽出來的 3 雙腳
- 鳴槍開賽的牛仔
- 毫無勝算的跨欄選手們
- 參加兩人三腳比賽的 10 個小孩
- 拋擲唱片的擲鐵餅選手
- 用鉛球耍把戲的人
- 喇叭助聽器
- 被當作跳箱的馬
- 騎腳踏車的賽跑選手
- 使用降落傘的撐竿跳選手
- 用木棒撐竿跳的蘇格蘭人
- 在拔河的大象
- 被鏈球打倒的人們
- 1 個園丁
- 3 個蛙人
- 沒穿上衣和短褲的跑者
- 1 張床
- 纏著繃帶的男孩
- 有 4 隻腳的賽跑選手
- 陷進沙坑裡的跳遠選手
- 2 個帶條紋浴巾的運動員
- 裁判追著狗、狗追著貓、貓追著老鼠
- 用水槍噴水的男孩

海 上

- 玩風帆的人
- 被箭射破的橡皮艇
- 用劍和箭魚打鬥的人
- 鯨魚家族
- 暈船的水手們
- 衣服漏水的潛水員
- 撞上浮筒而沉沒的船
- 浴缸
- 留著鬍子又戴著太陽眼鏡的人
- 井字遊戲
- 幸運的漁夫
- 3 個伐木工人
- 倒楣的漁夫
- 2 個纏在一起的滑水者
- 一群偷魚賊
- 騎著海馬的牛仔
- 幫魚拍照的人
- 被章魚纏住的人
- 登上大船的海盜
- 中式帆船
- 在海裡揮手打招呼的人

百貨公司

- 踩到球的購物者
- 坐在推車裡的紅衣小孩
- 靴子穿反的男人
- 買了太多東西的人
- 搗蛋的吸塵器
- 和打領帶的人體型相配的領帶
- 復活的危險手套
- 試穿太大件西裝的人
- 撞上購物者的嬰兒推車
- 穿著紅色連帽短夾克的女孩
- 坐在購物車裡的男孩
- 1 個試戴大禮帽的男孩

遊樂園

- 步槍射擊區前的大砲
- 逃跑的碰碰車
- 10 個彩色套圈圈
- 獨臂的蒙面大盜
- 布娃娃
- 12 個穿著制服的遊樂園工作人員
- 逃跑的旋轉木馬
- 鬼屋
- 7 個迷路的小孩和 1 隻小狗
- 2 輛相撞的坦克車
- 6 隻鳥
- 3 個小丑
- 3 個裝扮得像熊的人

博物館

- 巨大的骨架
- 噴水的小丑
- 坐在投石器上的男孩
- 女人頭上的鳥巢
- 騎著馬的強盜
- 爆開的肌肉
- 圓形畫框的肖像畫
- 看電視的騎士
- 一群偷畫的賊
- 1 排要倒下來的壺
- 漏水的水彩畫
- 2 幅畫在打架
- 國王和皇后
- 1 幅畫裡沒禮貌的人
- 3 個原始人
- 繫著紅色絲巾的女人
- 駕駛古代戰車的人
- 快要倒塌的柱子

野生動物園

- 諾亞方舟
- 瓶中信
- 刷牙的河馬
- 鹿角上的鳥巢
- 餓壞的長頸鹿
- 冰淇淋強盜
- 2 頭正在跨越斑馬線的斑馬
- 聖誕老公公和 1 頭滿足的馴鹿
- 3 隻貓頭鷹
- 獨角獸
- 被關在籠子裡的人
- 開車的獅子
- 熊爸爸、熊媽媽和小熊
- 泰山
- 一群小獅子
- 2 個帶著紅色手提包的女人
- 2 間廁所前面排了 2 排隊伍
- 動物美容院
- 噴水的大象

哇！你的眼力真好！

你有找到威利、他的夥伴們，
和所有他們掉的東西了嗎？
在其中一幅場景裡，威利和奧德都弄丟望遠鏡了
（奧德的望遠鏡是離他最近的那一副），
你們知道是哪一幅場景嗎？
你找到在每幅場景裡都會出現的神祕夥伴了嗎？
如果還沒找到，繼續努力吧！哇，真好玩！

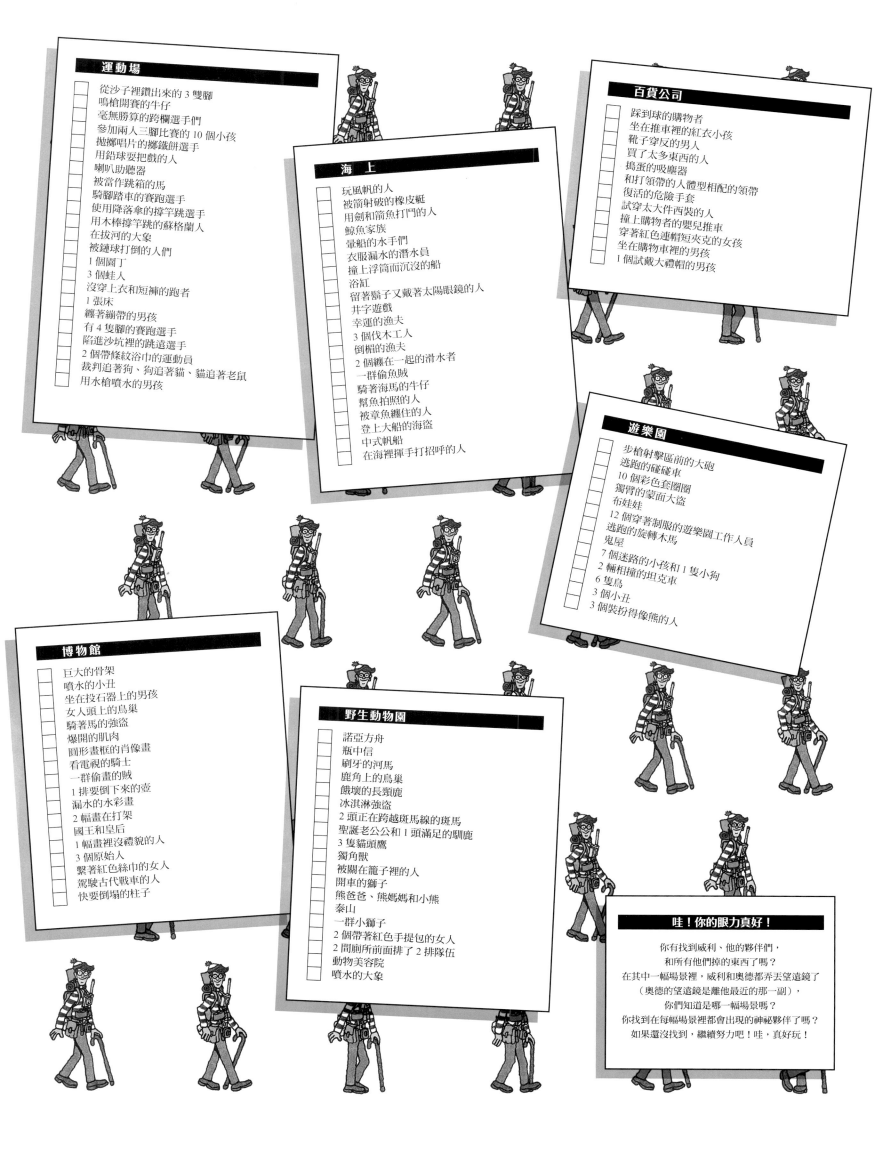